la courte échelle

Les éditions de la courte échelle inc.

Les éditions de la courte échelle inc.
5243, boul. Saint-Laurent
Montréal (Québec)
H2T 1S4

Conception graphique: Derome design inc.
Révision des textes: Pierre Phaneuf

Dépôt légal, 3ᵉ trimestre 1996
Bibliothèque nationale du Québec

Données de catalogage avant publication (Canada)

Plante, Raymond

    Un monsieur nommé Piquet qui adorait les animaux
    (Il était une fois…; 4)

    ISBN 2-89021-271-8

    I. Favreau, Marie-Claude. II. Titre. III. Collection: Il était une fois…
(Montréal, Québec), 4.

PS8581.L33M66   1996   jC843'.54   C96-940258-9
PS9581.L33M66   1996
PZ23.P52Mo 1996

Texte de Raymond Plante
Illustrations de Marie-Claude Favreau

Un monsieur nommé Piquet qui adorait les animaux

la courte échelle

Les éditions de la courte échelle inc.

Il était une fois un vieux camion rouge plein de mulots. C'était un camion délabré, cabossé, dont les pneus étaient à plat et le moteur silencieux depuis longtemps.

Son propriétaire, un monsieur nommé Antoine Piquet, racontait à qui voulait l'entendre que les mulots n'avaient pas envahi son véhicule. Ils étaient là pour le rafistoler.

Ces petites bêtes lui avaient même promis de le remettre en état de rouler.

Des mulots mécaniciens! Antoine Piquet n'y croyait pas tellement lui-même. Toute sa vie, il avait voulu enseigner des tours aux animaux qu'il adorait. Cela lui avait valu de drôles de mésaventures. Maintenant, il en riait.

Ce jour-là, comme il le faisait souvent, il s'installa sur la banquette trouée du camion et se prit à raconter ses aventures à ses amis.

— Comment tout cela a-t-il commencé? demanda Grignotin, le mulot qui sentait toujours l'essence.

— À la garderie, répondit le monsieur. Par une histoire de poux.

Le jour où il avait attrapé des poux, Antoine Piquet, alors tout jeune, s'était aperçu que ces bestioles éprouvaient beaucoup d'affection pour sa bonne tête. Dès qu'il essayait d'en attraper un, le joyeux pou bondissait ailleurs dans ses cheveux.

Bientôt, il y en eut une telle quantité que les petites bêtes ne pouvaient plus se cacher. Antoine les apprivoisa et leur apprit leur premier tour.

Les poux, on ne le sait peut-être pas, sont de fameux joueurs et, surtout, d'extraordinaires sauteurs. Ah! s'il y avait des Olympiques de poux!

Les poux d'Antoine sautaient avec tant de conviction qu'ils s'amusèrent bientôt à bondir d'une tête à l'autre.

En moins de temps qu'il n'en faut pour écrire chou, hibou ou genou, tous les enfants de la garderie furent infestés de poux.

Pas seulement les enfants!

Partout, les poux jouaient avec les cubes, les autos, les casse-tête et les poupées. Ils tournaient les pages des livres. Ils époussetaient les plantes et se roulaient dans la gouache des dessins.

La directrice de la garderie n'était pas contente. Antoine Piquet dut donc rappeler ses poux, les rassembler dans une grande boîte et les amener chez lui.

— Tu les as ramenés à la maison? demanda Pichenotte en transportant une clé anglaise beaucoup trop lourde pour elle.

Parce qu'il faut vous dire que les mulots, tout en écoutant les histoires d'Antoine, poursuivaient leur travail avec acharnement.

— Mes poux? répondit le bonhomme. Non, je ne les ai pas ramenés chez moi, parce que la boîte s'est ouverte dans l'autobus et ils se sont enfuis. Je crois que le chauffeur se gratte encore.

— Tu voulais les donner à ton chien? poursuivit Pichenotte.

— Mon chien, je l'ai eu plus tard. Quand j'allais à l'école primaire.

Ce chien s'appelait Bébert, c'était le roi des paresseux. Il aimait bien jouer, mais pas trop souvent. Antoine voulut le dresser à rapporter. Mais le coquin avait eu des réactions plutôt bizarres.

Un jour, le garçon avait lancé une balle de tennis de l'autre côté de la rue. Bébert s'était précipité et, dans sa gueule, il avait rapporté le sac du facteur.

Le lendemain, le jeune Antoine avait lancé un bout de bois dans la ruelle. Bébert avait rapporté les lunettes d'une grand-mère.

Le surlendemain, le garçon avait lancé une vieille chaussette bourrée de paille dans la cour du voisin. Le chien était revenu, la queue battante et fier de son coup. Cette fois, il rapportait la perruque de M. Dufort... qui n'était pas content du tout. On aurait même pu faire cuire un oeuf sur le crâne du bonhomme tellement il était en colère.

Antoine Piquet dut convenir que Bébert resterait un véritable paresseux, le champion des ronfleurs.

En entendant le mot «ronfleur», Siffleux, le mulot qui se prenait pour un électronicien hors pair, se montra le bout du museau. Depuis des semaines, il essayait de réparer la radiocassette du camion sans en tirer le plus petit son.

— J'espère que les ronflements de ton chien avaient quelque chose de musical. Des notes, du rythme, une mélodie...

Antoine sourit en observant le mulot gesticuler comme un chef d'orchestre.

— Pas tellement, mon cher Siffleux. Bébert n'avait pas l'oreille musicale non plus.

— Ce n'est pas tout le monde qui aime la musique, poursuivit Pichenotte en traînant une bougie d'allumage qui, pour elle, devait peser une tonne.

— C'est à mes chats que j'ai donné quelques cours de chant, ajouta M. Piquet.

Aux mulots qui l'écoutaient, Antoine Piquet rappela la belle époque où il faisait partie d'un groupe rock.

— Nous allions donner des concerts un peu partout en province, à bord de ce vieux camion, justement. Il était beaucoup plus fringant à l'époque. Il parcourait les routes cahoteuses, chargé de musiciens et de chats de gouttière.

Au fil des concerts dans les ruelles, alors qu'il dirigeait son choeur de félins, Antoine amassa la plus grande collection de chaussures au monde.

Les soirs de pleine lune, ses vedettes miaulaient si mal qu'elles en reçurent de toutes les sortes sur la tête: de la grande bottine de clown au soulier de course déglingué, en passant par le chic escarpin, la sandale, la pantoufle et le réveille-matin qui, comme chacun le sait, ne fait pas partie de la famille des chaussures.

— Mais je n'ai pas ouvert un musée de vieilles savates pour autant, glissa en souriant le monsieur.

Non. Son amour des animaux avait plutôt amené Antoine à travailler comme gardien dans un jardin zoologique. C'est là qu'une grande famille de flamants roses s'était prise d'affection pour lui. Partout où Antoine allait, ils le suivaient pas à pas.

Une vraie parade de flamants roses. À la quincaillerie, à la pharmacie, chez le marchand de fruits et de légumes, toujours ses flamants l'imitaient. Pas moyen de s'en débarrasser.

Quand il entrait chez des amis, il devait refermer rapidement la porte derrière lui. Si on l'invitait à une fête surprise, tout le monde savait qu'il était de la partie: ses flamants l'attendaient patiemment, immobiles sur la pelouse.

De là naquit la curieuse habitude de planter des flamants roses devant la maison des gens dont on célèbre l'anniversaire.

— Toi aussi, ça va bientôt être ta fête!

Coquette, la fêtarde, avait parlé en agitant les poils dressés sur sa tête. C'était elle qui raccordait les fils à la batterie du camion. Parfois, elle confondait les fils et recevait des décharges terribles.

— Je ne parle pas de ton anniversaire, précisa Coquette. Je dis que ce sera ta fête quand ton camion va rouler.

Son camion sur la route? Antoine Piquet n'y croyait plus. Comment les mulots réussiraient-ils cet incroyable tour de force?

Mais ils n'arrêtaient pas leurs travaux. Et alors que, de toute la puissance de ses poumons, Grignotin finissait de gonfler les pneus, un vacarme énorme se fit entendre.

Le camion crachota deux ou trois fois, puis il démarra. Surpris, Antoine fut projeté au creux de la banquette. Il ne pouvait pas voir la route, mais il sentait fort bien que le véhicule pétaradait, cahotait, dérapait. Il entendait même la radio jouer.

À un moment donné, il vit apparaître la figure d'un policier dans le rétroviseur.

— Arrêtez! hurla l'homme en se cramponnant à sa moto. Il faut m'expliquer pourquoi vous n'êtes pas au volant.

Dans le bruit qui l'enveloppait, Antoine cria:

— Ce sont les mulots qui conduisent mon camion!

— Les mulots! s'exclama le policier. Et moi, je suis un orang-outang peut-être? Vous avez un truc, je veux le connaître. On n'apprend pas à un vieux singe à faire la grimace.

— J'ai déjà essayé! hurla Antoine. Les chimpanzés font des grimaces extraordinaires. Ils peuvent se mettre les yeux à l'envers, se toucher le nez avec la langue et battre des oreilles!

Antoine Piquet en fit même une démonstration étonnante. Il grimaçait mieux que n'importe quel singe.

Les mulots rigolaient. Le camion accéléra en rugissant.

Le policier abandonna la poursuite. Longtemps, il crut qu'il avait rêvé tout cela. Parce qu'un camion conduit par des mulots, avec à son bord un monsieur grimaçant, ça ne se peut vraiment pas.

Achevé d'imprimer
sur les presses de Litho Acme inc.